KB199747

선물

지향 / 이창봉 / 신호철

달아실

선물

지향 / 이창봉 / 신호철

지향

이창봉

신호철

이창봉

중앙대 동 예술대학원 졸업
현대시학 등단
영랑문학상 대상 수상
현, 중앙대 예술대학원 겸임교수
한국 문인협회, 한국 시인협회 회원
시집 〈헤이리 노을〉, 〈낙타와 편백나무〉, 〈위로〉

"어두운 터널 끝에, 빛이 기다리고 있습니다.
이 시 속에 담긴 위로의 마음은 오로지 그대의 것입니다."

지금은 힘들고 고독할지라도
이 순간도 결국은 지나갈 것입니다
어둠이 짙을수록 별빛이
더 선명하게 빛나는 것처럼
어려운 시간은 결국 당신을
더 강하고 아름답게 만들어 줄 것입니다
고통과 아픔을 닦아 줄 손길
그 모든 감정이 지나가면
더 나은 날들이 다가올 것을 믿기에
소망을 이 시에 적어 드립니다
시를 보고 걷는 한
당신은 푸른 초원에 닿을 수 있을 겁니다
언제나 일어설 힘이 필요할 때
당신이 혼자라고 느낄 때
시들이 어둠 속에 빛나는
작은 위로가 되기를 소망합니다
이 시 속에 담긴 위로의 마음은
오로지 그대의 것입니다

가을편지

노을 지는 가을 하늘
집으로 돌아오는 저녁

대문 우체통에 반쯤 몸을 기울인 채
절벽을 오르는 마음처럼
매달려 있는 그대의 편지 한 통

서둘러 뜯어 읽어 보니
가슴 깊은 곳에서 밀려오는 눈물이
그렁그렁 맺히고

언제나 내 마음속에는
우리가 함께 앉아 이야기를 나누던
따스한 벤치 하나가 있었지

그 벤치 위로 낙엽이 쌓이고
차가운 바람이 불어오지만

한때 뜨겁던 내 사랑은
여름처럼 타오르다 사라졌고
마른 낙엽처럼 부서져
멀리 떠나갔다

하지만 가을에 부칠 편지 속에
남겨둘 수 있는 시 한 구절만 있다면
그것으로 충분히 행복하리라

그러니 아무리 힘든 날들이라도
그대에게 전할 수 있는 그리움이
내 속에 살아 있기에
오늘도 속으로 참으며
한 걸음 또 한 걸음 살아가야지

동백꽃 피었던 자리

겨울 바람 속
동백꽃이 한 송이
조용히 떨어지고

내 마음속 동백은
아직 붉은 꽃잎을 펼친 채
차가운 겨울바람에
흔들리며 서 있다

그대 한 줄기 빛처럼
짧게 스쳐 지나가며
내 삶의 가장 고운 순간을
담아두고 떠났다

맞아 내 청춘도 이렇게
뚝 끊어진 것처럼
차가운 현실 속에서
한 줄기 여운만 남기고
사라져버렸지

살아온 인생
끝내 무언가를 알아채기엔 너무 늦은 듯
모든 것이 처음인 듯
서로를 처음 만났을 때처럼
세상과 등을 지고 떠나는 거야

내 마음속 붉은 등불을 켜고
그대가 떠난 자리에
겨울바람이 스미고
난 그 자리를 맴돌며
어쩔 수 없이 돌아선다

그래도
이젠 그리움 속에 살고
그리움 속에서
다시 살아가는 법을 배우리라

남대문 시장에서

어둠이 내리면
남대문 시장 거리에는
별처럼 알전구가 하나씩 켜진다

리어커 위에 가격표가 떼어진 옷들
떨이를 외치는 노점상도
이 시절이 아니었으면 제값을 부르고
살았을 텐데

칼국수 골목에서는
멀건 국수 국물에 쓴 소주를 마시는 사람들
내 청춘의 가난한 한때처럼
김이 자욱하게 안경을 가리다
희미하게 사라져 간다

생선가게에서는
내 생의 비린내처럼
죽어가며 남기는 냄새들
도마 위 모로 누운 동태들
척척 토막내는 아줌마의 무쇠칼이
번쩍이며 나를 깨운다

알아
냉장고 안에서 꺼낸 찬밥처럼
내 마음은 식어 있다

한때는 뜨거웠던 밥
한때는 파닥이며 싱싱했던
푸른 바닷속 고등어의 꿈
그때를 아는지

남대문 시장에 오면
파는 사람 사는 사람
언제나 가슴에
작은 시를 하나씩 쓰고 있다

바람의 애상哀傷

1
바람은 슬프다
더 이상 갈 길을 잃은 발소리들을
모래 속에 묻는다
갈 곳이 없는 말발굽 소리
잃어버린 깃발이
가슴 속에서 휘날린다

바다로 가서 돛을 달아라
바람이 너를 알아볼 수 있도록
푸른 돛을 달고
저 바람의 나라로 떠나자

2
바람이 넘는 언덕
그곳에 사는 나무들은 상처를 안고 있다
나는 그 바람의 언덕에 서서
오늘도 푸른 하늘에 연을 날린다

내 심장은 한여름의 선풍기처럼 뜨겁지만
창공을 나는 연은 바람의 꿈처럼 황홀하다
저녁노을이 지면
어디선가 종이비행기가
과녁 없이 날아간다

누가 추는 허공의 춤일까
가슴 속에 적었던 시를 잃고
비틀거리며 집으로 돌아가는 길
내 쓸쓸한 마음은
빈 깡통처럼 바람 소리에 들켜 버린다

공허한 내 마음은
종소리처럼 울리고
빨랫줄에 널린 빨래 하나가
손을 흔들며
바람이 여기서 오늘
조용히 살다가 떠났다고 전해준다

하루살이

해 질 무렵
달동네 집 창에 불이 켜지면
쪽창으로 달려들어
머리를 부딪쳐 죽는 하루살이들

오늘 하루 빈 가슴으로 허공을 걷다가
어디선가 황홀한 사랑이 환히 켜지면
그리로 달려가 떨어져 죽는 순정처럼
하루살이도 자기가 사랑하는
가로등 불빛 속에서 살다가 죽는다

억지로 사랑을 참으며 살았던 오늘 하루
덕분에 상처받지 않고 돌아오는 골목길
가로등은 여기에 내가 걸어야 할
길이 있다고 환히 밝혀 주고
별은 저기 내가 찾고 있던
꿈이 있다고 하늘에서 깜빡인다

기적 같은 내일이 찾아와도
나는 담담히 오늘 하루 살았던 시간처럼 살겠지

하루하루 낡은 옷을 벗고
하루살이 날갯짓으로 세상을 보면
얼마나 간절하게 햇살이 꽃을 피우고
얼마나 간절하게 별이 꿈을 잊지 말라고
깜빡이고 있는지 알겠지

가슴에 사는 하루살이 영혼이
탄재 속에 겨우 남아 있는 온기 속에서
파닥파닥 날갯짓을 남기고
하늘로 사라져 간다

작은 소리에 귀 기울이면
　　　　　당신을 찾아낼 수 있어

제비꽃 편지

작은 소리에 귀 기울이면
당신을 찾아낼 수 있어
사랑은 결국 들키는 법이니까

발꿈치를 살짝 들고
조심조심 걸어가도

쿵쾅거리며 마루를
걸어오는 아이들처럼
온 세상을 밝히는 햇살처럼

별이 자라는 소리
소녀가 듣고 전해준다

큰일 났네
예쁜 얼굴 들켜버렸으니
술 취한 나비도 비틀비틀 날아오고
개울 물소리도 깊어가는 걸

혹시 기다리던 곳을 잊을까 봐
꽃 한 송이 밝게 켜두고 가네

침묵 속으로

깡마른 살구나무 가지가
봄 햇살 속에서 화려한 꽃을 피운다
겨우내 침묵하던 살구꽃이
얼마나 황홀한가

사실 사랑은 말보다
침묵 속에서 더 많은 법이다
아버지가 늘 침묵 속에서
나를 사랑했던 것처럼

지나고 보니 그때의 침묵은
말없이도 존재한다는 걸 알았다
인간은 침묵을 잃고 살았다는 걸
알게 된 건
직장에서 나와서 시를 다시 쓰기 시작할 즈음이었다

눈이 오는 소리는 고요하고
고요하기에 그 소리를
더 귀 기울여 들었어야 했던 것
이제 그 소리는
말 없는 겨울 사진 한 장이 되어
벽에 걸려 있다

소리 없는 영혼은 겨울나무와 종소리에 산다
가끔 종소리는
침묵을 알리는 것뿐이다

밤에는 창문만큼 큰 어둠이 찾아오듯
내 눈 속에는 침묵하는
말 없는 사진 한 장이 있다

나도 내 안의 소음들을 모두 비우고
침묵으로 돌아가
다시 처음으로 돌아간다

사랑 속에서 몸살을 해야 한다
찬란한 꽃이 되고 싶다
그대를 울리는 시가 되고 싶다

이별

내가 열렬히 사랑했던 것들은
모두 떠나간다

슬픈 것은
사랑했던 당신이 떠난 후에도
나는 여전히 그대 없는 식탁에서
혼자 밥을 먹고
누군가를 만나러 가는 길이 설레는 것이다

이별이지만 그리움이 있다면 괜찮겠지
나를 쓰다듬으며 잠드는 창가에서
그리움은 따뜻하게 머물고 있다

가을 낙엽이
눈 속에 잠겨도
봄이 되면
그리움은 더욱 간절히 피어난다
꽃이 그렇게 다시 피어나는 것처럼

별이 지면 슬퍼하지 마라
별과 달도 서로 그리워하다
언젠가 다시 만난다

너라는 축제를 한껏 즐기고
오색 풍선이 하늘로 떠오르면
나를 향해 오늘도 별이 뜬다
그리움이 멀리 있음을 깨닫는다

별이 져도 내일은 다시 나를 찾아온다는 약속이 있다
그러니 우리는 더 멀리서 바라보며
그리움 속에서 서로를 기다리자
그리고 언젠가 다시
그리움이 다 채워질 그날에 만나자

선물

당신에게 선물을 고른 그 순간부터
오직 당신만이 내 마음에 가득 차
내 심장과 발걸음이
모두 당신에게로 향하고 있음을 알았지

별빛이 강물처럼 흘러내리고
세상의 모든 별들이
당신의 머리 위에서
조용히 숨을 죽인 채
당신을 바라보고 있네

희미한 달빛이
당신의 미소를 부드럽게 감싸고
내가 쓴 이 시 한 줄이라도
당신의 마음에 닿을 수 있다면
매일매일 이 순간이
끝없이 행복할 거야

내가 이 노래를 부를 때
별들이 당신의 길을 환하게 비추기를
아픈 그림자를 품고
느릿느릿 집으로 돌아가는 당신을 상상하며
밝은 얼굴로 선물을 열어보는
당신의 모습을 그리네

상자의 포장지를 벗을 때
반짝이는 눈빛과 따뜻한 미소가
별빛처럼 방 안을 가득 채우는 모습
아직 보내지 않은 선물처럼
전화를 걸면 신호음이 먼저 울리듯
선물을 포장하는 그 순간부터
내 온 일생이
당신에게로 달려가 안기고 있네

들판에 핀 풀잎을 바라보면
온몸으로 사랑하는 법을 알게 되네

풀잎

들판에 핀 풀잎을 바라보면
온몸으로 사랑하는 법을 알게 되네

실오라기 하나 걸치지 않은 채
슬픔을 따라 걸으면 풀잎과 마주하고
서로를 감싸는 따뜻한 손길
바람을 쓰다듬으며
바람이 앉기 위해 흔드는 손
나도 얼른 그 손을 매만지지

그대를 만나면
아픔이 어디서 오는지
그리움이 심장을 찌르는지
느낄 수 있네

내 가슴 속 피 흘리는 사랑
어디에서 나를 부르는 손짓들
그대에게 가는 길을 잃어버리면
풀잎도 지친 발아래 눕지

사랑으로 가는 길은
이토록 아프고도
우리 사이에 핀 풀잎은
사랑에 경계가 없음을 일깨우네

이 슬픔을 밟고 그대를 찾아가라
풀잎들이 서서
손짓으로 이야기하고 있네

유월에

유월 가장 가까이 있는
보리수나무 집 소녀

살구나무 그늘이 길어지는
유월 태양 아래에서 편지를 쓴다

뒷산에서 아카시아 향기를 품은
산들바람이 불어오고

나비도 비틀비틀 제 사랑을 찾아
드나드는 들판

어느 연인의 사랑 맹세를 적어 놓은
하늘가에
노을처럼 붉게 물들여 주고 싶다

조용히 나를 바라보는 하얀 백합처럼
설레는 마음으로
나도 누군가의 유월이 되고 싶다

자유롭게 떠다니는 이상한 별을 만난다

바람 속에서

아무리 찾아도 길은 없다
내 안의 숨결만 따뜻하게 감싸줄 뿐

바람이 다니는 길을 따라 걸으면
낙엽들이 내 발목을 잡고 애원하며
우주 깊숙이 떠나간다

그대와 나는 어디서 왔을까
공중을 떠도는 기억들
그리운 얼굴들이 바람에 실려
나를 스쳐 지나간다

순간 나는 바람 속에서
사랑하는 이의 숨결을 느끼고
자유롭게 떠다니는 이상한 별을 만난다

어디로 가는지 모르지만
그 길 위에서 만나는 낙엽과 별
바람을 느끼며
함께 걷고 싶다

이렇게 바람과 함께
우리의 이야기를 나누고 싶다

위로의 노래

사랑하는 이여
어둠 속에서 길을 잃었을 때
당신의 머리 위에서 빛나는
찬란한 별이 되고 싶네

마음이 아플 때마다
밤하늘 별을 세던 그대의 얼굴이 그립고
세상이 캄캄할 때면
마음에 품었던 그 별이 그리워지지

비 오는 날
남몰래 흐르는 눈물은
외딴 길에 꽃을 피우고
슬픔을 품은 작은 영혼들이
홀로 새 생명으로 피어난다네

시간이 지나면
모든 상처는 어렴풋한 기억 속에 묻히고
새살이 돋듯 꽃이 피고 별이 떠오르듯
그대도 다시 태어날 것이네

고요한 밤하늘을 올려다보며
내일을 그려본다
어둠 속 숨은 빛을 찾아
새로운 태양이 떠오를 것을 나는 안다

바람에 고개 숙인 강아지풀
애태운 대나무 속 빈 속
그러나 강한 뿌리로 땅을 딛고
스스로 일어서는 모습들이 있다네

당신의 말에 귀 기울이다
귀가 커져버린 나팔꽃처럼
희망의 한 줄기 빛이
해바라기씨처럼 가슴에 새겨져
그대 걸어가는 길 위에서 환하게 웃고 있네

낙엽

1

낙엽이 내 공허한 마음에 떨어진다 울고 싶었던 마음을 대신 울어주듯 가을로 떠나서 돌아오지 않는 사람들은 모두 낙엽이 되었다 이제 홀로 견뎌야 하는 것들이 가을 속을 걷고 있다

2

가을 오솔길 낙엽은 떨어지면서 바람을 탓하지 않는다 세상에서 하늘나라로 데려가는 바람의 손을 잡고 푸른 벼랑으로 한 잎씩 뛰어내린다 낙엽을 밟을 때마다 하늘나라에서 꾸는 꿈 이야기를 들려주고 사그락사그락 내 발소리도 대답하고 나무와 이별하고 나서 매일 벼랑을 오르는 꿈나무에 오르는 꿈들 가을 오솔길에 까마득하게 충만하다

3

바람이 낙엽을 햇살 가득한 언덕으로 데리고 간다 눈부신 햇살과 낙엽이 나누는 대화
바스락 바스락 거린다 나는 추억의 융단 위를 걷고 있다 우주 너머의 시간과 지난 여름
찬란한 광명의 시간이 언덕 위에서 흐른다

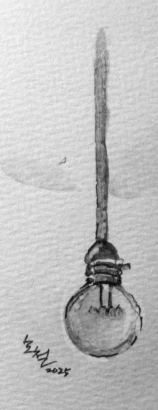

한때 나도 소금이었다
　　그대의 가슴에 스며들어

소금

한때 나도 소금이었다
그대의 가슴에 스며들어
파도가 되어 부서지고
바람으로 떠돌며
일상의 절망의 산맥을 넘었다

녹아버린 무기력한 심장을 안고
여전히 내 피는 짠맛을 지닌 채
세상을 향해 흘린 눈물은
어느덧 짠맛을 머금은 채
첫사랑과의 이별 후
흘렸던 눈물의 흔적을 따라
내 마음 깊이 남아 있다

광야에서 썩어가는 짐승들에게
한 줌의 소금을 뿌리며
그 소금이 바람에 흩어져
빛으로 변해
내 가슴 속 깊이 자리를 잡았다

이제 녹아버린 소금기가
내가 걸었던 보도블록 위에
허옇게 내려앉고
짠맛을 잃은 채
나는 어디쯤에서 녹아내려
울부짖고 있을까

눈물을 간직한 그리움의 가장자리에서
무엇으로 나를 다시 짜게 할 수 있을까
소금의 꿈이
내 가슴 속에서 출렁이며
다시 소금이 되어
희망의 바다를 이루고 싶다

편지

나는 그대에게 편지를 쓰네
그러나 그 편지는
손끝에서 종이 위로 흘러내리지 않네

그저 마음속 깊은 곳에서
은밀하게 자라나는 한마디의 말
그 말은 언제나 머뭇거리고
끝내 써지지 않네

한 마디 말은
세월처럼 물 흐르듯 떠내려 가고
단 한 마디를 쓸 용기조차 잃은 채
지나간 시간을 바라볼 뿐

하고 싶었던 말들은
그저 오래된 기억의 흔적들
어쩌면 이 편지는 내가
지금 이 순간에만 쓸 수 없는
유일한 진실일지도 모르겠네

편지 속의 말들은
그저 바람 속에서 흩어지고
하늘에 별처럼 멀리서
깜빡이다 흩어지다

그래서 날이 밝기 전
단 한 번도 제대로 전하지 못한
내 마음을
이리저리 떠도는 글자들로 이야기하려 하네

그냥 당신이 읽고
조용히 내게 답하지 않아도 괜찮다네
내가 보낸 이 글을 받는 순간
우리는 어느새
다시 가까워지는 것만 같네

한 줄의 말도
끝내 이룰 수 없었던
사랑의 흔적처럼 남겠지만
그마저도 괜찮다네

우리는 언제나
어떤 말로도 다 할 수 없는
어디서든 서로의 마음을 기억할 수 있을 테니까

들판의 강아지풀
예뻐 해줘서 고맙다고 손을 흔든다

백일홍

그녀가 떠났다

애달픈 마음으로
붙잡고 있던 붉은 치마 깃을 놓아주었다

아무리 꽃송이가 아름다워도
내 마음에 담기엔 너무 무겁다

나는 정원에 조용히 내려놓고
가을바람 속으로 사라져갔다

등 뒤로 말없이 이별하는 노을
눈시울이 붉어 온다

온 힘을 다해 안아준
들판의 강아지풀
예뻐해 줘서 고맙다고 손을 흔든다

내가 그대라서 사랑한 것이 아니라
그저 내 곁에 와줘서 고마웠을 뿐

그녀가 떠나고
데려가지 못한 꽃송이들은
아무도 모르게
노을이 질 때 함께 지고 있다

12월

오늘
더 두터운 스웨터를 꺼내 입었다

밤새 쌓인 눈송이가
그대 사는 마을에도 내려
그리움은 눈사람 되어
대문 앞을 지키고 있다

평생 그리워했던 마음
겨울마다 모닥불을 피우고
그 앞에 서서
눈을 들어
눈 덮인 산을 지키는
앙상한 겨울나무를 본다

따뜻한 희망이 있다면
12월이 며칠 더 있다면
그녀가 손수 짠 털옷을
내게 주지 않을까

그동안
내 마음을 비껴간 빗방울이 있었을까
나를 적시지 않은 인연이 있었을까

12월에 서면
앙상한 겨울나무처럼
봄을 기다리는 마음으로
따뜻한 사랑을 찾아
모닥불 가까이 모여드는 사람들

고래와 낙타

산다는 것은
시간의 무게를 견뎌내는 것이다

괘종시계도
반복되는 무거운 시계추의 무게를 견디고
꽃들도 사실은 시드는 것이 아니라
시간을 견뎌 내는 것이다

푸른 고래는 더 이상
바다를 가로지르지 않는다

이제 꿈속에서만
혹은 내 가슴속 깊은 곳에서
조용히 헤엄쳐 오는 고래 한 마리

낙타는 더 이상
끝없는 사막을 지나지 않는다

상상 속에서만
푸른 들판을 달리는 낙타 한 마리

고래와 낙타
나는 길들이지 못한 그들을
항상 내 안에 품고 산다

상처

상처는 흉터로 남아서
그 시간 속에 나를 가둔다

아문 자리에 새살이 돋고
부질없는 복수의 화살을 당겨 보지만
활시위를 떠나지 못하고 부르르 떨고 있다

어쩌면 지금 내 상처는
나를 존재하게 하는 뿌리일지도 모를 일

바람에도 상처를 입는
들꽃들을 치유하기 위해서
나비는 비틀비틀 날아오는 거다

하지만 나는 안다
상처는 세상을 걷는 발자국 같은 것
그것이 나를 정의할 수는 없지만
다시 풀잎을 일으켜 세우는
그저 지나가는 바람일 뿐

상처받은 조개는
치유하다 진주를 남기고
자작나무도 상처를 드러내고
하늘 높이 자란다

이 슬픔은
눈물로 증발시키면 그만이지만
상처는 흉터를 남긴다

흉터가 살이고 삶이다

지향

날개 달린 별똥별에
떨어지신 걸 환영합니다

슬픔의 무게는 얼마일까요?

저마다 자기만의 추억을 안고 사는
사람의 마음은 무게가 있습니다
지나온 시간만큼 후회와 회한으로 얼룩진 삶은
언제나 우리의 마음을 무겁게 만듭니다
엇갈림, 희비극, 맞닥트림 같은 단어가 주는 무게감
각자의 인생은 다 달라서
결코 우리는 각자 아픔의 무게들을 가늠하지 못합니다
예상하기 힘든 무겁고 아픈 인생

인생이 그렇네요
별거 아니라고 손사래 쳐도 운명은 무거운 돌덩어리 같으니까요
잘 가라 손 흔들 찰나에도 영원한 이별을 고하는 시간이 올 수 있으니까요
새로운 시작은 손바닥으로 우리 삶의 무게를 재보는 것
거기서부터 시작 아닐까요?
어릴 적 건빵 안에서 찾은 작은 별 사탕 한 개로도 행복했던 마음
오늘부터 행복이란 추억의 별을 마음의 주머니에 모으면 어떨까요?
시 한 편에 눈물 한 방울,
글 한 줄에도 고개 끄덕일 수만 있다면.......
사랑하는 그대들에게 언제나 반짝이는 별 주머니가 마음 한편에 가득해서
폭풍 같은 슬픔이 다가와도 한 개씩 꺼내보며 넉넉한 위로를 받기를
행복도, 불행도 기쁨도, 슬픔도 당당하게 맞이하길
원하고, 바라고, 기다립니다.

빛나는

흰 박하사탕
높이 든 솜사탕
건빵 속의 별사탕
모든 단맛은 상상 속에 반짝이지

빛의 소나타
모든 색채의 주인공
수많은 길 중에 내가 택한 길
문을 닫고 소슬한 바람을 만나봐
귓가에 스치는 상큼한 오이 향
달콤하고 부드러운 속삭임
창을 열고 햇살을 찾아봐
상큼 매콤 달콤 새콤 높은 명도
오색찬란한 빛의 향연
눈부시게 빛나는 색 색 색
햇살도 말을 할 줄 알지
온몸으로 듣고
모든 색으로 표현할 줄 알지
잠시 멈추고
품에 꼭 안겨
눈을 감고 느껴봐
빨간 나무
초록 바람

파란 호수가 나에게 걸어오는 소리

청량하고 신선한 빛의 채도를 만져봐

그 어떤 것도
채울 수 없는 세상에서
가장 빛나는 시간일 테니

날이 바뀌면 뭐가 올까

나만의 창에
머무는 동안
흰 손수건으로 마음을 닦았다

홀로서기 하는 무심한 시간
서서히 다가오는
폭풍이 제일 무서웠다

호수를 먹고
폭풍이 자라듯
외로움은 호수를 먹고 자랐다

어둠은 신기했다
끝까지 쫓아와 보고 싶은 것을
기어이 전부 다 보여주었다

보이지도
볼 수도 없는
달의 그림자가

시카고 버스를 타고
동부 이촌동에 내릴
신나는 꿈을 꾸는 것처럼

너에게 내가 영원한 이방인 것처럼

뭇별

세상 향해
흘린 눈물은 하늘 끝
별 무리 되어 살았다네
아무리 애를 써도
땅에 닿을 길 없어서

햇살 한 줌 주머니에 넣고
너를 찾아가는 길
나풀대는 나비
구르는 말똥구리
사각거리는 거북이의 동행

언제
어디서나
반짝이던 별을
어둠 속에 숨겨야 했던
너의 이기심도 사랑했던

얼마큼
인연은 맞닿을는지
알 수 없는 운명
아직 도착하지 못한 별 떼는
여정의 끝에 불을 밝히고

죽은 목숨보다
살아있는 생명이
귀하다고 반짝이네
앞으로 갈 길이 지나온 길보다
소중하다고 창창히 빛을 발하네

딸에게

넌 대체 어디서 왔니 ?
쌍꺼풀 없는 큰 눈
복 있을 것 같은 도톰한 코
꼭 다문 입술
나는 너의 엄마란다
생모가 아닌 친모
너를 낳지는 않았지만
너를 키울 책임이 있는 사람

넌 대체 어디서 왔니 ?
온 가족을 웃기기도
온 가족을 울리기도 하면서
온 집안을 드라마처럼 만드는 너
하지만 엄마는 알고 있단다
눈앞에 있는 나를 두고도
본 적 없는 너의 생모를 그리워할 거라는 걸
너의 작은 가슴에 꼭꼭 숨겨두고
몰래몰래 아주 가끔 들여다보고
그리곤 진주 같은 눈물 흘릴 거라는 걸

넌 대체 어디서 왔니 ?
납작한 뒤통수에 얼굴만 하얀 피부
우람한 손에 숱 없는 머리
힘겨웠을 태중에서도
웃음을 잃지 않았던 생모를 닮아서
언제나 방긋 웃어주는
사랑스러운 미소를 가지고 있는 너
엄마 별명은 고슴도치 엄마야
달에 가서 달도 따오고 별에 가서 별도 따올 수 있는
그런 엄청난 사랑에 빠진 사람

넌 대체 어디서 왔니 ?
생모의 속 깊은 바람과
친모의 그리운 염원을 담아
마침내 도착한 고귀한 선물
엄마는 너의 사랑이 반쪽이라도 괜찮아

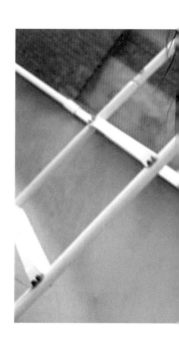

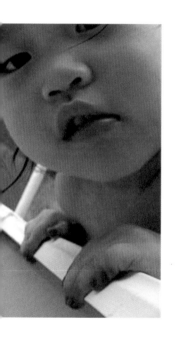

엄마는 너의 바람이 내가 아니라도 괜찮아
너는 엄마의 딸이고 우리들의 딸이니까
너의 생모에게 고마움을 전할 수 없기에
엄마에게도 남겨진 하늘이 주신 숙제
평생 엄마는 감사함을 배울 테니까

너를 통해 우리라는 단어를 간직할 테니까
넌 대체 어디서 왔니 ?
너도 언젠가 결혼을 하고
너도 언젠가 엄마가 되겠지
그리고 우리 두 여자를 기억하면서
큰 이해와 용납으로 더 성숙한 세대를 열어갈 테지
조건 없이 내어주는 사랑을 한 여자
받아서 평생 고마움을 간직하고 살게 된 여자
넌 그렇게 우리들을 기억하고
두 개의 삶을 모두 영위하며 살아가겠지

넌 대체 어디서 왔니 ?
널 이 땅에 숨 쉬게 해 준 생모
널 이 땅에서 지키며 산 친모
우리 모두를 기억해 주지 않을래
주는 사랑 받는 사랑
모두 큰 사랑임을 알게 해준 입양
엄마는 정말 행운아지 ?
우리 오래오래 행복하게 잘 살자
알았지? 내 영원한 공주 , 나의 하나뿐인 딸아

우울한 날을 구름에게 팔까

문득
그런 생각이 스친다

당신을 만나서 참 다행이야
소중한 꿈보다 더 꿈같은
당신을 꿈꿀 수 있어서

봄비 오면
노란 우산 들고
기쁘게 이별하자

안개 낀 날 만난다면
빨간 장미 들고
부서지게 사랑하자

어둠 지면
별빛 켜고 앉은 언덕
속울음 삼키며 읽는 시 한 편

호수에 번지는 백조의 노래
실컷 울어보자
아름드리나무를 안아도 좋으리

토끼 인형 손에 놓지 않은 채
손톱달 뜨면
상한 마음 껴안고 꿈처럼 사라지자

처연히 돌아가는 길
애달픔 내려놓고 담담히 걸어가자
만나지 않았던 처음처럼

날 사랑하는 널

꽃은 질 걸 알면서
애처로운 꽃잎 싸개 함박웃음 환히 웃지
시린 봄 앞에 서
너를 생각하면 나도 모르게 눈물이 나
헤어질 결심 하면서
전부를 걸고 사랑한 바보 같은 열심
별은 질 걸 알면서
목숨 다해 자신을 태워 반짝이듯
이슬 같은 청초함
고고한 자태로 천천히 시들어가네
긴 밤 꼬박 새우고
맨발인 채 차디찬 얼음길 걸어가는
새벽은 밤을 밀어내고
연기처럼 흔적 없는 모습
운명의 서사처럼
어떤 사랑은 가고 다른 사랑은 오고 있지

감꽃이 노랗게 이울 때쯤

놀이터의 흔들리는 그네

어쩌지?
눈물을 잃어버린 것 같아
비 그친 캄캄한 새벽
온밤 지샌 나뭇가지
내가 너에게 닿을 수 있을까

아주 작은 꽃이 될 거야
맑고 푸르른 서툰 새벽
일등으로 일어나 안아줄
반짝이는 별이 될 거야

먼동 트기 전 달려가 잠든
널 보며 가만히 미소 짓는
말 없는 호수가 될 거야

창백한 잔물결 끌어안고
그저 두 눈 깜박이는
낮게 떠 있는 구름이 될 거야

때론 웃음과 울음 섞어
향기 나는 그늘막 짓는
이름 없는 시인이 될 거야
슬픔 꼭꼭 숨긴 따뜻한
솜이불 닮은 시를 짓겠지

차라리 다행이야
날 잃어도 두려워하지 마
그냥 앞으로 걸어가면 돼

돌부리 걸려 울렁인 시간
항아리에 가두고 싶어
예쁜 꿈 차곡히 담았는데
포기하지 못한 꿈은
오늘도 날 보고 슬퍼 우네

별을 따려 잠자리채를 샀다네

밤마다 뜨는 별의 간격이
너무나 가깝기에
봇짐 하나 메고 길을 떠났다네

꼭 따고 싶은 별
갖고 싶은
딱 한 개의 별을 향해 출발

흥얼거리며 걸었다네
덩실덩실 춤도 추었다네
얼씨구 장단도 맞췄다네

별을 만나기도 전
흔들리는 마음
가도 가도 끝이 없고

온데간데없는 추억 사이로
집념과 열정
시간의 간극만 남아있었네

어디든 내려앉아야 했던
해맑은 욕심은
따지도 못한 별 앞에 주저앉고

쏟아져 내리는 꿈
콧등 시린 그리움
온몸이 저려와도 차마 내밀지 못한 손

가만히 쳐다보다
돌아서 다시 먼 길 떠나는
뒤안길에 성큼 앞서간 심상찮음

노란 크레파스 하나 꺼내 들고
검은색 도화지에
애꿎은 별만 잔뜩 그리고 있다네
눈치 없이

텅 빈 삶을 살아가는 이유

나뭇잎에 맞아도 아팠다

스치기만 해도 가슴이 떨렸다
하늘에서 아무 구실 없이
내려준 인연 하나도 없다는데
여전히 난 도망치고 싶었다

온밤을 몇 초처럼 지새우고
눈뜬 싱그러운 아침
빗소리에 너의 향기가
살포시 내려앉는 소리

여름으로 가는 길목
자전거를 처음 탄 기억
팥빙수를 입에 넣은 순간처럼
우리는 마냥 아이처럼 놀았다

진짜 행복은 없다고
도리질하면서도 끊임없이
행복을 찾아 헤매고 있었다
바보들의 행진처럼

바다로 외출한 낙타

큰 덩치
살아남은 슬픔
인내 하나로 버틴 모래 산
수통의 물 한 모금

혹시 누구니?
뒤돌아서서 가는 너의 검은 모습
한참 바라보았어
등을 돌린 서글픈 뒷물결
당당하고 위풍 있었지

마음을 접고 몸도 개켜서
너를 보냈지
마치 어릴 적 종이비행기를 접어
시안의 허공에 보내듯

헤어짐의 술에 취해
아쉬움의 인사를 건네고
비틀거리며 돌아오던 길

텅 빈 별 하나
빗물이 남긴 선율을 들었지
꿈의 향취였을까
알 수 없는 여전한 설움이 복받쳤지

허물 벗은 나비의 부푼 이기심
가로등도 아쉬운 걸까
가만히 너의 이름을 부르니
바람이 철렁 내려앉더라

휘영청 보름달 뜬 늦은 밤
밤이 남기고 간 숙제
아프게 심장에 새기고 있네

고독이란 사람의 운명
숙명을 이해하는 필연
사막으로 들어간 고래를 만난 게
혹시 너였니?

위태로운 여름

대롱대롱
매달려있는 가을
떨어질까 두려워
얼른 손 내밀었지

어느 날
그리움을 꾹꾹 눌러 담았지
터지도록 넘쳐나는 마음의 찌끼들
나조차 어찌할 수 없던 상념
올빼미의 눈처럼 달려드는 어둠
머리에 꽃 꽂은 허한 상실감

그다음 날
나무 아홉 짐 등에 지고
새벽 향한 한 걸음 천천히 떼었어
상처받지 않은 척
객기는 독감에 걸렸고
하루는 그렇게 시작되었지

어떡하지
상상을 초유한 진실
무뎌지긴커녕
날마다 빛을 내며
날카로운 날이 서 가는데

불안했던 격정의 나날
질주 그리고 이탈
탈주의 끝
어르고 달래 못내 살고 싶었지

나는 그저

나는 그저 밤에 뜨는 별 한 개를 바라보고 싶다
아무에게도 방해받지 않는 평안을 빌면서
캄캄한 밤 새벽에 떠오르는 해를 기다리면서

다하지 못한 나의 이야기 들어줄 사람 오늘은 만나고 싶다
나는 그저 해 질 녘 보랏빛 노을을 쳐다보고 싶다

인생의 깊은 고해성사 날아가는 새들에게 띄워 보내고
얼어붙은 땅속 연둣빛 봄과 함께 춤추며 미풍에 생명이
살아나고 언 땅을 녹여내는 햇살을 오늘은 만나고 싶다

나는 그저 무덤가 잠든 이들을 그리워하곤 한다
시간은 지나고 나의 죽음도 성큼 다가옴을 인정하면서

더불어 덤같이 살아온 내 인생 차마 잡지 못한 손
평생을 품었던 대학로 문예회관 소극장
무대를 지키며 울먹이던 사람이여

나는 마냥 아이처럼 지켜보고 기다렸을 뿐인데
너는 그저 운명처럼 이별하고 떠났을 뿐인데
지구를 돌아도 화해할 수 없었던 우리들의 인연

그렇게 사랑하리라
이렇게 보내주리라
못내 이별하리라
차마 보낼 수 없던 나의 사람이여

지칠 때까지 울고 싶을 때가 있다

지금
그녀는 없지만
그녀의 슬픔은 고스란히 남아있네
수많은 밤을 지새우고
한탄하며 곱씹었을
그녀의 꽃 같은 날들
나는 모른다
밤새 오던 천둥번개에
꽃이 떨어지던 날
하늘은 알았을까
다른 이는 몰랐을까
지칠 때까지 울었을 그녀의 시간들

떠남도
스러짐도
모두 사랑이었는데
홀로 걸어간 그 길
함께 하지 못한 나는
이리도 가슴 절절히 아파옴을
부디
환한 곳으로 걸어가시길
부디
오시는 길 잊지 마시길

오늘도 난
꺼지지 않는 촛불 켜고
그대의 캄캄했을 온밤을 밝힙니다

지금
그녀는 떠났지만
그녀의 바람은 변함없이 남아있네
꽃들이 친구였고
구름이 따뜻하게 위로한
누구도 몰랐을 날들
왜 몰랐을까
차갑게 지새던 겨울날
새가 떨어진 날을
땅은 알았을까
아버진 아셨을까
숨 막히게 다가왔을 무거운 현실들
냉대도
찬 비난도
모두 거짓이었는데
혼자 결심한 그 길
같이 가지 못한 나는
마르지 않는 울음 끝에 서 있네

부디
별이 되어 나와 함께 잠들길
부디
바람 되어 내 곁에 있어 주길
내일도 난
보랏빛 물안개 차오르면
하얀 안개꽃 가득 들고 그댈 만나리

차마

어찌 살 건지
왜 묻지 않았을까
내겐 너 하나뿐이었는데

빛 한 조각
물에 비친 꽃잎 하나

그늘에 어리는 근심
뺨을 어루만지고

어찌 갈 건지
왜 대답 못 했을까
네게도 나뿐이었을 텐데

친애하는 나의 그림자에게

마법은
네가 찾고 있지 않을 때
찾아오는 거야
나의 작은 토끼야

친구가 되었니
오래된 서리별의 비밀
겨울잠 자는 그림자는
이상한 토끼굴에 빠진 느낌일 거야

별은 혼란과 혼돈 속에 태어나지만
일단 빛나기 시작하면
온 우주의 어두움을 사라지게 하지
끝인 것처럼 보여도
결코 끝이 아니야 꼭 그다음이 있어
다만 돌아오려면 시간이 걸릴 뿐이야

그러니 기다리렴
울지 말고 보채지 말고
어떻게 하든 어떤 방법을 찾든
달은 너를 찾아 올테니

어둠을 잠시 서랍에 넣어두었어

그리움이 걸어오면
있잖아
언제든 나지막이 소리 내봐

대답하진 않아도
항상 듣고 있을 거야
그러니 하늘에다 대고 말해도 돼

삶엔 늘 복병이 있어
끝났다고 생각했을 때도
절대 끝나지 않았지

처음엔 몰랐지만
삶이 우릴 만나게 한데는
이유가 있지 않을까

나의 이야기가
당신을 찾아낸 것처럼
은빛으로 빛나는 강을 지나
너에게로 향하지

보랏빛 찬란한 꿈들
애끓는 그림자 아이의 상처
안 아픈 날이 오긴 할까

단호한 대답
아니.
하지만 점차 나아질 거야

그리고
잊지 마
넌 이제 혼자가 아니야

밤이 오기 전
노을을 옷걸이에 걸어두었어
그러니 얼른 입어보렴
잘 맞을 거야

향기 나는 나무

온몸
온 맘을
최대한 구부린 채
달팽이는 새벽꿈을 꾸나 봐

그다음 날엔
겨울잠을 등에 지고
숲정이 향해
무거운 걸음 천천히 떼었어
혹시
나무의 냄새를 기억하니
아픔으로 끓인 송진 내음
멈춘 시간으로 만든 화이트 오크 향
느리게 가는 하루도 좋았어
숨이 멎은 파도
침묵을 지키는 억새풀
노을 지는 길섶 행복한 꿈을 만났지
오늘이 아니면 어때
매일 깨지 않는 꿈을 꾸던지
아님 돌아서서 현실로 걸어가도 돼
멀쩡한 척 상처받지 않은 척 안 아픈 척
조급해하지 마
그래도 우린 행복할 거야

무수히 떨어지는 잎새들의 노래
나뭇잎 한 잎 한 잎에 별빛을 모을 테니

친애하는 밤
보고 싶은 단 한 사람
외톨이 별 찾아 떠난 달팽이는
향기로운 숲길 잘 도착했을까

일렁이는

흔들리는 네가 싫었어
언제든
어느 때든
시도 때도 없이

만남에서 어긋나고
운명은 겹치기도 했어
그럴 때마다 우연이라 우겼지
눈을 감아도
여전히 열병을 앓으며 떨어졌지
너의 몸은 노란색
어느 땐 주황색
때론 빨간색으로 변했어
바람은 비겁했어
소리 소문 없이 와서
순식간에 너를 데리고 사라졌지
왜 그랬냐고 묻지 못했어
대답 대신
그저 웃어줄 너란 걸 잘 알기에
이젠 알아
살기 위해 그랬단 걸
너를 위해서가 아닌
나를 위해 수도 없이 흔들렸다는 걸

더 이상 흔들리지 마
이젠 딱 부러져야 할 시간이야
허물 벗는 나무
된새바람

겨울이 오는 반토막 시간
너의 이름 부르고
앞서간 곤한 숲
흩어지는 햇살 사이로
나는 천천히 사라져 간다네

아름다운 널

하늘에 촛불 하나 켜면
그리움 차오르고

어둠은 사부작 걸어와
너울대는 눈물의 파장이 되지
상큼한 시트러스 향기
잠든 시린 기억을 소환하고
푸른 바다는 너를 이리 부른다지
봄을 시샘하는 시샘달이라고
깨어난 겨울의 끝 모서리를 스치고
돌아선 뒷모습 물끄러미 바라봤어
미안하단 말은 웅덩이에 빠뜨린 채

차마 잡을 수 없었던
세상에서 제일 아름다운 너인걸

인생연습

구멍 난 양말을 깁고
보랏빛 머플러를 짜고
프랑스 자수를 수놓으며
나를 잃어버리고 있어

움직이지 마
세찬 바람이 지나가도
거센 풍랑이 일어도
움직이면 안 되는 게 있지
바람이 너를 흔드는 저녁
지쳐가는 잔가지를 보았어
연하고 순하게 자란 잎의 끝
마음이 슬펐어 너를 잃고 싶지 않아서
세차게 자라던 그리움
어느새 하늘만큼 커지고
그 무게를 감당 못 해
마침내 땅으로 착지하던 날

오늘도 용서받지 못한 밤은
새벽 별을 모아 옷을 짓지
어젯밤 버린 이기심
주섬주섬 주머니에 담아 와
밤새 핑계란 단추를 달고 염려를 꿰매
억지로 내일이란 옷을 지어 입히네

신호철

홍익 미대
The School of Art Institute of Chicago 졸업
동방 문학 등단 / 한용운 문학상 / 샘터 문학상 / 한양 문학상
미주 중앙일보〈신호철의 시가 있는 풍경〉칼럼니스트
시집 〈바람에 기대어〉 시화집 〈물소리 같았던 하루〉

빈 들은 빈 들이 아닙니다

빈 들이라 하지만 빈 곳은 없습니다
땅속에는 셀 수 없는 씨앗이 잠자고
그곳을 걸을 때마다 발바닥이 간지러워요
발끝을 세워 걸어야 해요
한 톨의 씨앗도 깨워선 안 되니까요
봄에 깨어나기 위해 씨앗들은 잠들어 있겠지요
빈 들에도 셀 수 없는 단어들이 잠들어 있어요
그를 깨울 때는 그는 깊이 잠들었고
그가 나를 깨울 때는 너무 멀리 있었어요
그와 내가 만날 특별한 시간과 장소는 없어요
그를 깨울 때는 그는 깊이 잠들었고
그가 나를 깨울 때는 너무 멀리 있었어요
삶의 여러 갈래 길에서 만날 당신, 꿈틀거려만 주세요
봄을 기다리는, 빛나는 초록을 꿈꾸는
빈 들은 빈 들이 아니랍니다
나와 네가 만나 피워낼
꽃 한 송이, 별 하나 품고 잠든
빈 들은 빈 들이 아니랍니다

호수에 주름이 생기는 이유

한 줄 나이를 먹으며
나무도 키가 크고
너도 깊어지곤 했지

잃어버린 것들에 대하여
흩어진 물방울을 모으려 하면
쏟아지는 비가 되어 돌아왔지

흠뻑 젖은 네 얼굴 위로
겹겹이 작은 파문을 만들곤 했지

호수 위에 흐르던 하늘
잡히지 않는 너의 심연 속
자꾸자꾸 내리다 보면
그대라는 단어 떨구지 못해
마음 한구석 화석으로 남아
돌아올 수 없는 길을 재촉하곤 했지

책장을 넘기며 널 잊으려
거울 속 낯선 너를 찾아
한 줄 주름을 그리곤 했지

만날 수 없는 네가 생각나
하늘 먼 길 찌푸린 눈 감아버린 호수엔
주름 하나 깊어지곤 했지

꽃은 꽃이어야 하지

연보라의 꽃대가 올라올 때 알았다

재스민은 줄기부터 연보라인 것을
꽃이 꽃이어야 되는 이유는
씨앗을 뿌릴 때부터 정해져 있었다

여윈 싹이어도 그 안에 품고 있는
겹겹의 꽃잎을 꿈꾸고 있는 것을
눈 덮인 동토를 비집고 올라오는 새싹
꽃길을 내어준 사랑이 함께 오기 때문이지

아지랑이 피어나는 이른 봄날 아침은
꽃을 피워야 하는 노래로 가득하다
사랑으로 피어나는 모든 것들 속엔
홀연히 슬픔을 떠나야 하는 이유가 있지

사람이 사람이어야 되는 이유도
꽃이 꽃이어야 되는 이유도
꼭 붙들고 가야 할 하나의 사랑 때문이지

인연

그림자 속에 있지 않은 것은 없다네
그림자 속에 빠져 있거나 그림자를 달고 다닌다네

자동차 바퀴는 그림자로 달리고
구름도 땅 위에 그림자를 그리고 있네

나무는 그림자 아래 뿌리 내리고
꼬리 흔드는 강아지는 흔들리는 그림자를 물고 간다네

그림자는 시작도 되지만 끝도 되어
정점 아래 꺾어진 곳엔 그림자가 사라지기도 한다네

그림자가 사라지려는 순간은 순식간인데
한 번도 그 순간을 잡아본 적이 없다네

놓쳐 버리는 순간 그림자는 제 몸으로 숨어들어
물들이지 않은 내 머릿속같이 하얗게 변해가고 있다네

숨바꼭질 같은 세상 속 사람들 모두
빛이 있어야 그림자로 살아날 수 있지만
제 몸 아닌 다른 세상으로 발길을 옮길 수 없다네

서로의 자리를 바꿔 생겨나기도 하였기에
그림자 속에 있지 않은 것은 하나도 없다네

붉은 해가 수평선으로 기울고 긴 그림자를 만들 때
그림자 속으로 들어가려는 너와 나

너는 내 그림자로 나는 네 그림자로 살기로 한다네

어느 날 나는 노을이어요

입에 넣은 사탕은 달콤했어요

하늘이 소리 없이 내려앉았고요
손을 뻗어도 당신은 내 곁에 없어요

소란한 삶이 싫어 이곳에 왔어요
열 번쯤은 떠나왔고 몇 번은 도망쳤어요

어디를 보아도 당신은 보이지 않네요
그러지 말아야 했어요

잔가지에 걸린 하늘이 아득히 번져와요
길에서 넘어진 노을을 주웠어요
흥건히 핏빛 되어 하늘에 걸려있어요

가까이 가면 뒷걸음치는 꿈을 꾸어요
우린 서로 다른 곳에 살고 있어요

꽃 한 송이 피워 당신께 가려 했어요
보이지도 들리지도 않는 먼 곳이어요

서쪽 창가 물들은 고요는 아직 따뜻하고요
하늘로 날아간, 슬픔 안으로 숨어버릴

어느 날 나는 노을이어요

비의 왈츠

비 내리는 호수는 늘 그랬다
햇살 없는 곳에서 출렁여야 했다
쇼팽의 비의 왈츠처럼 단조이어야 했다
용기 있는 물새 물결 위를 닿을 듯 날고
작은 배 수평선에서 낙엽처럼 흔들리는데

모래 위 사람은 위태롭기만 하구나
이곳에 머무른다면 신발을 벗어야겠지
모래를 끌고 오는 물결의 걸음과
시간을 지고 오는 하루의 무거움을
지워지는 한 척 흔들리는 배의 손짓과
서쪽 하늘 끝에 번져오는 노을의 안타까움을
낮게 나르는 물새의 가쁜 호흡과
잠들기 전 무릎 꿇은 간절한 기도 소리를

슬픔을 알까
그 마음을 알까
바람에 날리는,
지워도 묻어나는
꽃 피우는 자유를

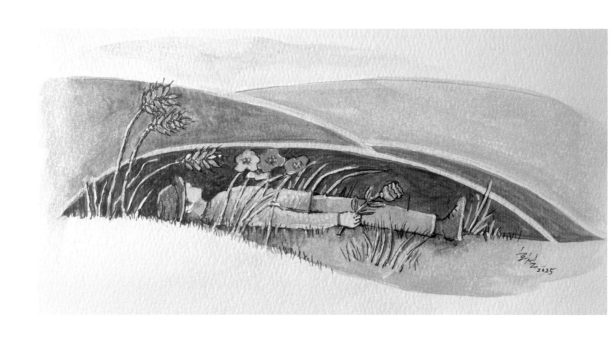

110

사랑하는 동안

눈 덮인 계절
모습을 감춘 그대는
치열하게 싹을 내미는 봄

나의 몸 어딘가에도
감추어진 마음이 있어
그 속 시간을 들여다보면

시간은 움직이지 않는다는 생각
잘게 쪼개져 다가오는
작은 조각의 현재일 뿐

오늘도 이렇게 지나가고
새날도 어제라는 과거로 지워지는데

기울여야 하는 것이 있다면
이 순간을 마음에 매어 두는 일

사랑하는 동안 모든 나머지 것들은
그냥 지나치게 할 일이다

밤하늘 달이
자신을 덜어내는 시간만큼
행복은 그 속을 채우며 온다

사랑한 만큼
비워진 만큼

꼭 너를 닮은 어머니가 살고 계신다

배꼽 아래 바람이 분다
어머님이 찾아오셨다

외로울 때 배고플 때 자꾸 말을 거신다
오늘 같은 날은 아픈 곳을 쓰다듬으신다

어머니가 내 안에 살고 계신다

당신이라는 나라

먹구름이 몰려오더니 비가 뿌리네요
출렁일 때마다 등이 간지러워요
며칠째 말라 갔던 내 몸은
쏟아지는 빗물에 더 말라가고 말았어요
이해 못 할 거예요
출렁이는 나를 보며 말라 간다니요
내 발은 한없이 깊은 허공을 휘젓고 있어요
늘 닫지 못하는 하늘을 향해 오늘도 두 손을 높이 들어요
하늘로부터 오는 꽃 바람에 마음이 싱숭생숭해요

그대는 별일 없나요
내 몸은 옥색으로 바뀌지고 있어요
빗물이 꽃물처럼 내 몸에 구르고
네 길고 가느다란 손가락의 기억도
고르지 않은 내 파장 위에 놓여있어요
오늘도 뭍으로 내달리지만
하얀 거품만 물고 돌아오기를 반복하고 있어요

발끝은 지쳐있는데 당신에게 닿기가 이렇게 어려운가요
비가 그쳤고 햇빛이 고개를 들 때면
하늘과 맞닿은 곳은 윤슬이 되어가요
나는 하늘과 맞닿은 푸른색으로 변해가고 있어요
잔주름이 생겨난 곳은 희게 반짝이기도 해요

무료한 걸음은 간혹 하늘길을 만들어 당신에게 가려 해요
멀리 가로등 불빛이 켜지고
하늘엔 반짝이는 별빛이 내게로 와요

내가 이 세상에 태어나기도 전에 아니
내 아버지의 아버지 그보다 훨훨 더 까마득한 시절
한밤을 되돌아가도 만날 수 없는 태고의 시간
그 별빛과 마주치는 순간 나는 없어요
이름도 모르는 먼 나라로 돌아가야 해요
지구를 수천만 번 수억만 번 돌아도 갈 수 없는 나라
당신이라는 나라로 가고 싶어요

그리운 것들은 먼 곳에 있기에

고요해야 할 때

지금은 고요해야 할 때

시킨다 하여 고요해지겠는가
내 안에 갇혀 죽어가는 것이려니

뼛속 깊이 부는 바람이 되어
어찌 고요할 수 있겠는가
그럼에도 고요해야 한다면
그대 곁에 맴돌다 토해내는 숨
혀를 문 침묵이어야 하리

빛나던 별빛 사라진 후
지금은 고요해야 할 때

참으로 고요해 지려 함은
제자리 돌아오는 그림자처럼
그대 뒤에 기대어 하루가 지고
돌아온 길은 숲이 되어 뒷걸음치는데

불그레 얼굴 내미는 마른나무들 사이
곁을 스치며 뒤돌아보는 바람의 얼굴
들을 수도 들리지도 않는 적막 속으로
푸른 하늘과 푸른 강이 하나로 만나

경계가 지워지는 풍경 속으로
아직 그대를 보내지 않았다

미동 없는 나무처럼
미물같이 그대 곁에 서 있는

고요가 차마 서러워

어슴새벽

첫눈 내리고 찬 바람이 불어
나무에 기대어 사는 것도 숨이 차올 때

촛불 하나 불 밝히면 그게 온 세상 다인
당신이라는 호주머니 속에 살고 싶었네

사랑이라는 이름의 아픔으로 눈길을 걷네
낯선 어둠이 길을 막고 서 있네

얼어붙은 단풍잎 하나 집어 들다가
하늘이 무너져 내리는 꿈에서 깨었네

맞은편 하늘도 내려앉아 새벽이 아파오네

손에서 바스러지는 낙엽의 마지막 숨
하늘이 발밑에 무너져 내린 것이네

막다른 길 위에도 바람이 스쳐오네

오랜 시간을 기다려 맞이한 별빛도
하늘을 나르는 새의 깃털 같은 자유도

뒹구는 붉은 나뭇잎 하나만도 못해
새벽길을 더듬으며 너의 흔적을 찾네

빛처럼 내리는 고요의 숲길을 걸으며
마지막 길을 함께 못한 회한

나무처럼 서 있네

창가에 하나둘 불이 켜지고
아침은 오는데

먼발치로 바라보는,
가지 못한 길이 서럽네

별빛 영롱해지고
파도 잔잔한 날

지나온 시간과 함께 다가올 시간도 꼭꼭 싸매
당신 바라보는 별빛 아래 놓아두기로 했네

안녕,

그 고통의 아름다움을 껴안네
내려오는 발길에 선물처럼 먼동이 트는데

기대어 살아야 하지

새벽이 깨어날 때면
꽃 한 송이 피어나듯
어둠의 뒤로 아침이 오네

힘들 때마다 우리 기억해야 하지

고개 숙이고 소리 없이 들길을 걸었던 일
바람이 우리를 마구 흔들었던 기억
내어준 팔의 따뜻함에 꿈을 꾸었던 시간

기억해야 하지
사는 게 쓸쓸해지면
마주 보며 웃음을 되찾았던 일을

다시 태어난다면
이 땅에 다시 태어난다면

들꽃 만개한 일몰의 언덕에서 손잡고
붉은 노을로 스러지는 밤하늘 가득
그리운 서로를 지키는 별빛이 되어야 하지

살아있는 날 동안 눈동자같이 바라보며
기대어 설 서로의 든든한 등이 되어

기쁘거나 슬프거나 외롭더라도
새벽이 깨어나듯 꽃 한 송이 피어나듯
그렇게 우리 기대어 살아야 하지

야윈 팔소매 걷으며 웃어줄 당신과 함께

초승달

하룻밤 살아도
한 움큼 그리움

베어낸 아픔만큼
굽어진 허리

야윈 볼 사이로
내려앉는 한 밤

불 끄지 못한 창문마다
수 천만리 날아와

마주한 얼굴

너를 보듬으면
나를 채우는 너

하루를 깨우는 시간 내내
처진 어깨 위로

소복이 쌓이는
너의 따뜻한 눈길

소란하지 않은 곳으로부터
광명하지 않은 곳까지

소박히 내리는 빛
바라봐도 눈부시지 않은
뜰 안 가득 내려앉은 고요

꼭 닮은 그리움

길

풍경에 동사 하나 더하면
살아나는 풍경이 되네

그 풍경 속에 한 사람 살아가면
삶이 싹트는 것이네

풍경과 동사와 그 사람의 삶 속에
한사람이 더불어 살고 있다면
사랑이 시작되는 것이네

사랑은 홀로 오지 않아
여러 감정과 슬픔이 함께 오는 것이어서
안간힘의 일상이 시작되는 것이네

언제인가
풍경에 한 사람 떠나가고
동사 하나마저 사라지고 나면

누구나 말없이
왔던 길로 사라져 가는 것이네
풍경 하나 쓸쓸히 세상에 남겨놓고

내가 서 있는 자리

내게 넌 돌아오는 길이었어
모든 것이 사라진다고 말하지만
소리 없이 다가오는 저녁이었어
너의 서 있는 자리, 그리고 노을이었어

깃털의 날림 같은 공기를 밟으며
무심한 듯 가볍게 날아오르고 있어
잎사귀에 구르는 이슬, 긴 가지마다
써 내려간 너의 노래, 그리고 몸짓이었어

서둘러 모아지는 잔가지들의 유희
아쉬움에 떠날 채비를 하고 있었어

너의 향기는 새벽을 깨우는
이슬이었는데
봄볕같이 스며드는 따뜻한
엄마 손이었는데
안겨 오는 바람처럼
흥겨웠던 날이었는데

돌아오는 차창 안으로 별이 스미는 날
내 힘으로 걷기 힘든 날
돌아서는 너의 뒷모습에 오랫동안

너의 이름을 부르던 날

말을 걸어오는

포도주가 익는 만큼 근사한 일을 몰랐네요

봄에 꽃이 피고, 연두 잎이 살아나는 것
목련이 지고, 벚꽃이 흐드러지게 피어
창가에 앉은 나에게 말을 걸어오는 것 말고는요

참,
갑자기 눈보라 몰아치던 겨울밤
어서 집으로 가라던 따뜻한 눈길도 있었네요

미끄러지며 내려오는 나에게
시 한 편으로 말을 걸어오는 당신은

비가 후드득후드득 내리는 뒤란에 있어요
서늘한 바람이 부는 이른 아침이고요
생명이 살아나는 소리가 가득해요

셀폰의 셔터를 누르다
숨어있던 작은 이파리와
잔가지와 손톱보다 작은 꽃들을 만나요
힘겨운 틈새로 머리를 내밀었네요
햇살을 찾아 얼굴을 든거지요

이 정원의 모든 꽃을 당신께 드려요
색깔도 모양도 크기도 키도 다르지만

같은 곳을 올려다보는 그 마음을 담아요
시 한 편으로 안부를 전해오는 당신에게

그렇게 또 그래서

물병에 들꽃

한나절 햇살은 지고
싸리문 열고 들어온 노을
가지런한 고무신 안까지 물들이고

별빛 내린 마당
고요로 내려앉은 그대에게
숨마저 내어 드리니
빛으로 가득 채운 그 자리, 그 가슴에
한 송이 꽃으로 오시오

나에게 오시오
내 그대에게
나의 아픔을 이야기하리다

두 팔을 뻗으리니
그대 떨리는 별자리로
파랗게 손짓해 주시오

내 마음에 별이 뜨고
소리 없이 밤이 오고 있소

나 그대를 향해
숲이 되어 흐르리니
그대 어디라도 오시오

내 눈 가득 채우시며

그렇게 또 그래서

깊이 잠들어도 돼

흔들려야 할 이유는 없는 거야
그러나 운명처럼, 시계추처럼

동에서 서로, 남에서 북으로
제 몸을 흔든다

마침내 만나게 되는 바람
동토 저 끝자락에서 불어오는 겨울

마른 몸 누울 때까지
온종일 흔들리고 있다가
한순간 의식을 잃어가기도 하지

마지막 성냥불처럼 따뜻한
길고 휘어진 네 허리 만한 아늑함은 없지

누워야 할 제집도 없는 것이
생각하며 흔들려야 할 이유를 버려야 할 때

초록의 삶 시작되는 어느 봄날
푸른 빛, 발끝부터 살아나는 꿈을 꿔

출렁이는 호수처럼 울지만 말고
잠들지 못하는 고단한 하루여도
흔들리지 않아도 돼

이제 누워도 돼
깊이 잠들어도 돼

꽃 피우는 당신

그대 독백 나를 저밉니다
나의 등 뒤로 안겨 와
땅거미로 밀리는 아픔입니다
그대 몸짓 나를 일으킵니다
너무 멀리 흔들리는 불꽃
심지로 타는 눈물입니다
밤 지나 햇볕과 바람
살 같은 햇볕과 무심한 바람
기억을 주우러 간 밤과 아침 사이
푸른빛 하늘을 그리고서야
깨어지는 마음에 닻을 내리는
아픔이란 이름으로 자꾸
꽃피우는 당신입니다

그날

꽃이 필 때 웃던 사내
꽃이 질 때 뒤돌아 울어라

길고 뾰족한 그림자에 닿아도
엎드리는 제 그림자 되어
먼 산으로 날아 가 버린
산새의 보금자리 서러워
한껏 기울어진 저녁 위로
달빛 내려와 덮여라

어제도 가고
숨결도 없는데
아침이 창가에 오면
낙엽에 엎드려 가슴이 울어라

어쩌다 만나면 씻기는 바람
만나도 지고 마는 마음 고운 사람
하루가 천년 같은 오늘도 지고
가슴 앞 참지 말고 울어라

수직을 포기한
나지막한 나무 턱에 앉아
흐르는 생각을 모아봐도
바스락 낙엽만도 못하여라

노을로 뜨지 않는 언덕을
서둘러 내려오는 그림자
줄지어 따라 오는 발자국 소리
가을 어스름 사라지는 것들 모두
밟혀도 꽃피우며 울어라

마지막 순수

세상을 바라보는 눈은 참 신기했다
내가 바라보고자 하는 것만 보였다
유독 다가오는 것은 나와 닮았고
모양뿐 아니라 생각의 틀도 닮았었다
오늘 나는 눈을 뜨고도 심하게 넘어졌다
서로의 간극이 너무 커서였을까 그럴 리 없다
바다와 하늘은 멀어도 맞닿아 있는데
서로의 모습으로 닮아가고 있는데

자유롭지 못한 내 잘못이었다
한순간 스치는 생각을 벗지 못하는
슬픔은 무거움이란 생각이 든다
슬픔은 참아야 할 무엇이자
짊어져야 할 멍에란 생각에 잠을 설쳤다
결코 그럴 리 없다 손을 저어도
옥죄이는, 자유를 침해하는 무례는
누구도 받아들이기 힘든 짐이 되었으리라

늦은 밤 창문을 통해 나를 내려 보는 별들의 반짝임도
발자국 소리를 따라 깨어나는 새벽의 밝아옴도
겨울이 가고 봄이 올 때까지 몇 번의 열병을 지날지라도
다시 태어나 당신의 세상으로 날아가리라
눈 감고서야 들리고 전할 수 있는 세미한 음성이 되어
푸르게 피어나는 봄의 소리가 귀에 들릴 때까지

한밤을 뜬눈으로 지새운 반가움으로 다가갈 수만 있다면
내 마지막 순수로 이게 가능하기만 하다면

선물
1판 1쇄 발행 2025년 5월 16일

지은이   이창봉, 지향, 신호철
발행인   윤미소
발행처   (주)달아실출판사
책임편집 박제영
편집위원 김선순, 이나래
디자인   신호철, 지향, Jeremy Walker
기획위원 박정대, 이홍섭, 전윤호
법률자문 김용진, 이종진
주소   강원도 춘천시 춘천로 257, 2층
전화   033-241-7661
팩스   033-241-7662
이메일   dalasilmoongo@naver.com
출판등록 2016년 12월 30일 제494호

ⓒ 이창봉, 지향, 신호철, 2025

ISBN 979-11-7207-050-2